Vi ringrazio per l'acquisto di questo romanzo in quanto una piccola somma del ricavato sarà devoluto all'Associazione ***IHP (Italian Horse Protection)*** *dedita al recupero e alla cura di tutti gli equini maltrattati:*

"Dalla loro parte

Gli umani non imparano facilmente cos'è il rispetto della vita. Non considerano gli altri animali come compagni con cui convivere, ma come cose da utilizzare e buttare via subito dopo. Il cavallo è la specie che più di tutte subisce questa cultura, che ha poco di naturale e molto di antropocentrico. Quasi mai il cavallo è considerato un amico, perché è sempre un "cavallo da": da trotto, da galoppo, da salto a ostacoli, da dressage, da scuola di equitazione, da carrozza, da circo...da macello: anche la stessa terminologia sottolinea che, nella considerazione media, non esiste come individuo, ma solo in base alla sua utilità. Non ha diritti. IHP è nata per tentare di favorire un cambiamento e per scuotere le coscienze della gente: è il nostro solenne impegno per gli equini, che con la loro delicatezza, la loro profondità e la loro fierezza ci hanno fatto diventare persone migliori." (incipit del sito)

http://www.horseprotection.it

GRAZIE, PER IL VOSTRO CONTRIBUTO!

Dedico questo libro a tutti gli amanti della Storia…

UN OSPITE A VERSAILLES

CATASTINI SAMANTA

www.samilla.wordpress.com

www.catastinisamanta.ilcannocchiale.it

Il cuore ha i propri tempi…Basta saperlo ascoltare!
(Samanta)

Versailles, 1769

"Non riuscirò mai ad innamorarmi di nessun altro uomo". Sophie non aveva occhi che per lui, il conte Charles Mercier. Alto, biondo, occhi verdi e molto riservato. Ogni volta che lo incontrava faceva di tutto per scambiarci qualche parola. Sembrava felice di ascoltarla e di stare in sua compagnia ma niente di più. Non aveva mai lasciato intendere un interessamento nei suoi confronti. Spesso passeggiavano insieme nei giardini di Versailles in silenzio o parlando dei cavalli, passione condivisa da entrambi. Quando rientrava nel suo appartamento, con il cuore trepidante, si gettava sul grande letto a baldacchino e sognava ad occhi aperti. Lo aveva conosciuto cinque anni prima e da allora sperava un giorno di poter diventare sua moglie. Ora, guardandosi allo specchio, si chiedeva cosa le mancava per non risvegliare la sua passione. Alta, carnagione leggermente olivastra, occhi marroni e lunghi capelli rossi scuri. Il ventisei maggio, ossia pochi giorni prima, aveva compiuto venticinque anni. Quindi già in età per trovare un marito degno del suo titolo nobiliare. Baronessa Sophie Lemarie, discendente di un'antica casata francese, risiedeva a corte sin dalla sua più tenera età. Poi i suoi genitori si erano ritirati nel nord della Francia, nell'incantevole Piccardia, in una delle loro innumerevoli residenze, per seguire più da vicino i loro patrimoni terrieri. Lei aveva deciso di restare a Versailles con la sua cara amica, la baronessa Camille Noël. "Ma perché non guardi altrove? Ci sono così tanti giovani nobili che cercano di farti la corte. Non puoi buttare via la tua gioventù dietro a quel conte. Per quanto attraente sia se avesse avuto intenzione di chiederti in sposa lo avrebbe già fatto". Sophie guardava perplessa Camille, seduta vicino al suo letto, senza risponderle. Non riusciva ad accettare la realtà, neppure davanti all'evidenza dei fatti. "Si…Ma non si è ancora fidanzato con nessuna dama di corte. Forse è solo timido e non trova il coraggio di dichiararsi". Camille aveva sospirato per poi assumere un'espressione seria. "Spero che tu abbia ragione". Si era alzata dalla poltrona in velluto blu e si era voltata di scatto. "Va bene mi arrendo, non insisto più su questa storia ma solo a condizione che tu mi giuri di essere più gentile e disponibile con i ragazzi che tentano di fare la tua conoscenza. Sei sempre talmente scontrosa da allontanare chiunque!" Infatti negli ultimi anni si era comportata come una acida zitella. Sorrideva e si divertiva solo se si trovava nella stessa stanza del conte Mercier, anche se lui stava parlando con altre persone e non le prestava attenzione. La sola sua presenza la metteva di buon umore. Forse era arrivato il momento di cambiare strategia. O meglio di trovarne una, visto che non ci aveva mai pensato prima. "Mi hanno appena consegnato un abito. Vuoi che te lo mostri?" Camille aveva riacquistato il suo solito sorriso rassicurante. "Dai, fammi vedere che colore hai scelto". Sophie aveva chiamato la cameriera che nel giro di cinque minuti aveva fatto ritorno con un grazioso vestito in seta verde. Lo scollo e le maniche erano adornate con un pizzo giallo chiaro e la gonna arricchita dal classico panier. Si era guardata al grande specchio della parete sorreggendolo davanti a sé. "Che te ne sembra? Se aggiungo un po' di classica malizia femminile posso ammaliare qualche nobile cuore". "Sei magnifica. Penso che in pochi potranno resisterti!" "Ma dai, non esagerare!" "Vedremo domani sera al ballo del re. A proposito ho sentito dire che ci sarà un caro amico di Luigi XV. Il Conte Roland Chevalier, conosciuto in tutta la Francia per la sua fama di libertino. Pare che tutte le donne cadano ai suoi piedi. Sarà ospite a corte per un mese". Nella sua mente si era fatta strada un'idea maliziosa. Così maliziosa da non volerla condividere con l'amica. Perché non farsi corteggiare da questo noto rubacuori per ingelosire il conte Mercier? Se veramente provava qualcosa per lei sarebbe arrivato il momento giusto per prendere la decisione tanto attesa.

Il conte Roland ammirava estasiato i grandi giardini di Versailles, così immensi da non vederne la fine. La reggia appariva così sontuosa e imponente da incutere quasi timore. Spesso, durante le feste a cui prendeva parte, aveva sentito parlare di questa struttura architettonica adulata in tutta Europa ma non riusciva ad immaginarla tale. Ora che stava percorrendo in carrozza i grandi viali alberati non trovava un aggettivo adeguato per riassumerne la bellezza. Non osava pensare all'appartamento che gli avrebbe riservato Luigi XV. Mezz'ora dopo, con l'aiuto di tre valletti, aveva raggiunto le sue stanze. Oltre ad una camera molto spaziosa, con tanto di letto a baldacchino, disponeva di un bagno pieno di oli profumati e biancheria ricamata. Il salottino adiacente era davvero confortevole, c'erano molte poltrone e un comodo divano colmo di cuscini. "Monsier Chevalier tra poco il re sarà da voi. Gradite qualcosa durante l'attesa?" La giovane cameriera lo guardava appena, tanto era timida. "Si, grazie. Portatemi dello Champagne". Per quanto fosse abituato allo sfarzo doveva riconoscere che il lusso di questa dimora andava oltre ogni eccesso. Era proprio curioso di scoprire come sarebbe stato il ballo di quella sera. Non sarebbero mancate delle belle ragazze da corteggiare e tanti nuovi nobili di cui fare conoscenza. "Finalmente ci rivediamo". Intento ad osservare il parco dalle grandi vetrate non si era accorto dell'entrata, quasi silenziosa, del re. Si erano abbracciati calorosamente per poi sedersi uno di fronte all'altro. "Questo posto è davvero stupendo!" "Sono felice che sia di vostro gradimento. Avete fatto buon viaggio?" "Si. Molto lungo ma tranquillo". Il sovrano aveva preso un pasticcino da un vassoio in argento adagiato sul tavolo. "Vostro padre come sta? Sono anni che non ci vediamo. Mi avrebbe fatto piacere riceverlo a corte insieme a voi". "Doveva risolvere dei problemi amministrativi, altrimenti sarebbe venuto molto volentieri. Vi ricorda con tanto affetto". Il conte Dominic Chevalier aveva conosciuto Luigi XV durante una battuta di caccia nel nord della Francia. Aveva provato così tanta simpatia per quell'uomo, amante della bella vita e delle belle donne, da ospitarlo nel suo castello per qualche giorno. La Piccardia aveva giovato alla salute del re e si era ripromesso di tornarci. Poi gli impegni erano diventati così serrati da non trovare più il tempo necessario per farlo. Roland era ancora piccolo quando lo aveva visto l'ultima volta eppure la familiarità che si era istaurata a quel tempo sembrava ancora intatta. "Stasera avrete occasione di conoscere molte belle nobildonne già a conoscenza della vostra reputazione di libertino ancora prima di avervi visto". "Con questa reputazione fuggiranno tutte appena mi vedranno". Il sovrano aveva sorriso e gli aveva dato una pacca sulla spalla. "Le donne sono tremendamente attratte dai mascalzoni e…anche dai titoli nobiliari!"

La galleria degli specchi era magnificamente illuminata e così affollata da non riuscire a scorgere neppure la famiglia reale. Sophie avanzava sicura accanto a Camille che, da quando avevano lasciato il suo appartamento, parlava senza sosta. Indossava l'abito verde appena acquistato e si era acconciata i capelli con dei fiorellini in tinta. L'amica, invece, aveva scelto un vestito bianco impreziosito con del pizzo celeste. Sembravano due sorelle gemelle per il loro identico colore dei capelli e degli occhi ma soprattutto per il loro stretto affiatamento. Sin da piccole avevano condiviso gioie e dolori, giochi e studi, a tal punto da diventare indivisibili. Proprio perché entrambe figlie uniche sapevano di poter far conto l'una sull'altra. "Guarda c'è il conte Mercier!" Sophie aveva iniziato a voltarsi da un lato all'altro senza scorgerlo tra la folla. "Smetti di agitarti per favore! E' in fondo alla sala insieme al barone e la baronessa Dubois. Ti prego di non andare subito da lui. Mantieni un po' di distanza per vedere come reagisce. E' abituato ad averti sempre ai suoi piedi". Camille non poteva darle consiglio migliore. Il brusio delle voci soffocava la musica di sottofondo. Nella ressa festante aveva scorto un gruppetto di donne attorno ad un uomo alto con capelli neri splendenti, come le mille candele accese in tutta la galleria, occhi neri e un sorriso seducente. Non aveva tardato molto nel capire che doveva trattarsi del famoso conte Roland Chevalier e, vista la sua innegabile bellezza, non si era stupita che avesse tante grazie femminili intorno. In quell'istante si era accorta di aver attratto la sua attenzione perché si era staccato dalla mischia e, con passi veloci ed eleganti, si era diretto verso di lei e Camille. "Sophie, quello deve essere il conte Chevalier, l'ospite del re. Oddio viene verso di noi". Un vortice di emozioni e pensieri avevano affollato la sua mente mentre il gentiluomo vestito di verde le si era inchinato davanti. Poi, la sua decisa stretta di mano le aveva trasmesso un calore mai provato prima. Gli sguardi arditi dell'uomo l'avevano messa un po' a disagio ma aveva cercato di non darlo a vedere. Il suo orgoglio riusciva sempre ad avere la meglio in ogni situazione. "Buonasera, sono il conte Roland Chevalier con chi ho l'onore di parlare?" "Sono la baronessa Sophie Lemarie e questa è la mia cara amica, la baronessa Camille Noël". Uno sguardo furtivo si era posato su entrambe ma poi aveva indugiato più a lungo su di lei. Non aveva fatto male a pensare proprio a questo famoso libertino per ingelosire il conte Mercier. Ora toccava a lei condurre il gioco...

Anche se aveva davanti a se tante belle nobildonne, giovani e disponibili, i suoi occhi si erano posati su quella ragazza dall'aspetto ribelle e attraente al tempo stesso. Aveva un colore dei capelli singolare e una carnagione ambrata che spiccava nel mezzo a tutte le altre perfettamente bianche, anche grazie all'uso di molta cipria. Emanava un fresco profumo di lavanda che lo aveva avvolto quando lo aveva guardato con l'alterigia tipica di una donna sicura di se stessa. Aveva subito capito che da lei non avrebbe ricevuto alcuna adulazione o, ancora meno, alcuna proposta indecente. Forse era proprio quella sua freddezza ad attrarlo. Era indifferente al suo sguardo ammaliatore, anzi ne sembrava quasi indispettita. Nell'ammirare il suo casto abito aveva provato l'impulso di abbracciarla e baciarla davanti a tutti i cortigiani. A quell'intima idea aveva sorriso nel solo immaginarsi lo scalpore che ne sarebbe derivato. "Gradireste illustrarmi riguardo i meravigliosi giardini della reggia? Potremmo fare una piacevole passeggiata, naturalmente accompagnata dalla vostra amica e dal mio maggiordomo Damien?" Sophie si era voltata come a cercare conforto dall'amica che le aveva sorriso subito in maniera rassicurante. "Va bene accetto il vostro invito. Ma solo perché siete un ospite del nostro caro sovrano e come tale spero che vi comportiate con garbo verso due donne appena conosciute!" La sua reazione avrebbe dovuto essere indignata invece aveva cercato di capirla. La sua fama di libertino lo aveva preceduto nell'arrivo a corte di conseguenza risultava ovvio che una ragazza seria e posata si sentisse in difficoltà in sua presenza. "Non potrei mai disonorare due amiche del re di Francia. Sono cosciente che avrete sentito cattive opinioni su di me ma vi prego di volervene accertare da sola, io, vi prometto che non farò niente per farvi sentire in pericolo". Il gruppetto di nobildonne, che poco prima lo aveva accerchiato, si era avvicinato furtivamente. "Conte Chevalier che ne dite di accompagnarci a bere una coppa di Champagne mentre ci raccontate delle vostre proprietà terriere?" La marchesa Dufour aveva lanciato uno sguardo di sfida a Sophie che era rimasta impassibile. "Mi dispiace mademoiselle ma il conte stava per accompagnarci nei giardini. Potrà sempre raggiungervi più tardi. Vero?" Roland l'aveva guardata stupito e le aveva teso la mano. "Si. Sarà mia cura farvi notare la mia presenza appena di ritorno dalla nostra passeggiata. Prego, volete scusarci?" Le nobildonne erano restate a bocca aperta mentre, poco più in là, un gentiluomo, biondo e con un fisico imponente li osservava allontanarsi…

Ancora non si capacitava di come avesse accettato subito quella curiosa proposta del conte. La sfrontatezza della marchesa Dufour l'aveva indispettita oltremisura tanto da spingerla quasi tra le braccia di quell'attraente sconosciuto.

Stavano camminando lungo il Grand Canal, seguiti da Camille e il giovane maggiordomo Damien, in completo silenzio. Ogni tanto, con la coda dell'occhio, cercava di esaminarlo senza essere vista. Aveva zigomi ben modellati, occhi scuri dallo sguardo profondo e una fronte alta e spaziosa su cui ricadeva un ciuffo ribelle di capelli neri. Il suo fisico, possente e muscoloso, le ricordava le antiche statue greche che raffiguravano gli Dei dell'Olimpo. Era arrossita all'improvviso ricordandosi che si trattava di uomini nudi. "Avete caldo?" Nonostante ci fossero molti lumi accesi in tutto il giardino laterale il Gran Canal, sperava che non si fosse accorto del suo colorito improvviso e invece… "No, assolutamente! Anzi. L'aria è molto fresca e piacevole". "Allora stavate pensando a qualcosa di proibito o vergognoso perché le vostre graziose guancie si sono improvvisamente arrossate". "Come osate pensare una cosa del genere? Credete che ogni donna sia irrimediabilmente attratta da voi? Siete molto presuntuoso!" Una fragorosa risata aveva innervosito ancora di più Sophie che continuava a guardarlo indispettita. "Siete davvero molto bella quando vi arrabbiate!" Per quanta intimità ed amicizia ci fosse sempre stata tra lei e il conte

Mercier non si era mai sentita rivolgere un simile complimento. O meglio non aveva mai ricevuto apprezzamenti né per il suo aspetto né per quello che indossava. Il chiacchiericcio alle loro spalle li aveva fatti voltare di scatto e aveva permesso ad entrambi di dimenticare l'accaduto. "Ma davvero? Siete così simpatico!" Camille stava ridendo a crepapelle di fianco a Damien che la sorreggeva con il braccio destro. Stupita da quella vicinanza, tra l'altro non consona a due persone di rango molto diverso, Sophie si era fermata di scatto in attesa del loro arrivo. "Ah, conte Chevalier, è così piacevole la compagnia del vostro maggiordomo". Il giovane ragazzo aveva abbassato gli occhi, in segno di disagio, davanti al proprio padrone. Era alto e scuro di capelli, gli occhi, curiosi e vivaci, erano di un bell' azzurro profondo. "Lo so! Senza la sua voglia di vivere mi annoierei a morte!" Camille lo aveva preso di nuovo a braccetto e avevano raggiunto una panchina in pietra. "Ditemi conte qual buon vento vi ha condotto a Versailles, oltre la conquista di altre nobildonne?" "La mia fama di libertino vi ha proprio colpita. Non riuscite a togliervela dalla testa?" " Non è facile quando un gruppetto di donne si lanciano verso di voi come cani da caccia su una preda!" "Forse a voi donne interessa molto di più un uomo da evitare che uno da sposare!" Doveva riconoscere che era una persona arguta e cocciuta. Se voleva fare di lui un suo degno corteggiatore non poteva attaccarlo continuamente ma cercare di mostrarsi curiosa di conoscere tutto sulla sua vita. "Può darsi! Ma come avrete già avuto modo di capire io non sono quel tipo di donna. A me piace la tranquillità e la completa onestà". Aveva accettato la mano che le stava porgendo per aiutarla a sedersi sui bordi di una fontana cercando di mostrarsi a suo agio. "Allora sarò più sincero possibile con voi. Sono venuto a corte perché per quanto mio padre intrattenga una piacevole corrispondenza con il re non avevo mai avuto occasione né di conoscere Versailles né Parigi. Adoro vivere nel nord della Francia ma era arrivato il momento di ammirare le magnificenze reali. Inoltre avevo necessità di un po' di riposo. Voi pensate che io trascorra tutto il mio tempo dietro le gonne di ogni nobildonna che incontro, invece, ho ben altro da svolgere nel mio castello. Mi occupo della produzione e del commercio del nostro vino…Spero che vogliate assaggiarne un bicchiere perché ho fatto inviare molte bottiglie al nostro caro sovrano". Sophie lo ascoltava con attenzione poi si guardava intorno per accertarsi che Camille e Damien fossero sempre nelle vicinanze. "In ogni caso se la vostra fama di libertino vi ha preceduto deve esserci un perché. Come anche il fatto che non siate ancora sposato, in fin dei conti appartenete ad una famiglia antica e molto facoltosa, il sogno di ogni ragazza". "Lo avete appena detto! In passato ho avuto molte storie, soprattutto con donne sposate stanche dei loro mariti oppure vedove in cerca di emozioni. Vorrei chiudere con questa parte della mia vita e riuscire a trovare una piacevole nobildonna con cui condividere il mio futuro". Nel proferire quest'ultima frase si era fatto serio e pensieroso. "Non sarà molto facile cancellare un'opinione così radicata nella società. Sapete benissimo che certe definizioni possono accompagnarci per tutta la vita". "Perché non mi aiutate?" Sophie lo aveva fissato allibita e a stento riusciva a rispondergli. "Aiutarvi? E come?" "Potreste darmi dei suggerimenti su come conversare con le fanciulle perbene. Purtroppo dubito che una ragazza rispettabile voglia sposarsi con me. Attraggo solo donne che vogliono divertirsi per una notte e poi..." Era arrossita alla sola idea di tali incontri appassionati. Eppure qualcosa dentro di lei le diceva che doveva dargli una speranza. Aveva avvertito nelle sue parole un isolamento sociale che lo faceva soffrire. "Anche se non sono la persona più qualificata sarò felice di aiutarvi in tale proposito!"

Quando era rientrato in camera si era gettato esausto sul grande letto a baldacchino. Damien lo aveva aiutato a spogliarsi e poi si era ritirato nella sua stanza. Gli sembrava di sentire ancora il fresco profumo di Sophie. Quella ragazza non era solo bella ma anche molto intelligente. Lo aveva ascoltato con educazione senza mai interromperlo e senza mai distogliere lo sguardo se non per cercare l'amica, la baronessa Camille. Stufo delle sue avventure amorose senza impegno emotivo avvertiva un sobbalzo al cuore ogni volta che le parlava. La sua pelle ambrata le conferiva un aspetto esotico e, secondo il suo parere, anche molto più raffinato delle altre nobildonne conosciute a Versailles. Per la prima volta nella sua vita, a trent'anni di età, si sentiva rapito dalla sua presenza e ne era rimasto confuso. Non essendosi mai innamorato non riusciva a capire se quello fosse il sentimento tanto cantato dai poeti. In ogni caso il suo desiderio di rivederla era così forte da sperare di arrivare prima possibile alla mattina seguente. Non si erano dati un appuntamento preciso ma l'avrebbe scovata in qualche angolo di quell'immensa reggia dorata. O forse Damien, data la sua evidente simpatia per Camille, gli sarebbe stato di aiuto. Decide di suonare il campanello per convocarlo in camera. "Dimmi Roland, mi stavi cercando?" "Si! Per ora sei stato molto bravo ma vedi di non darmi del tu davanti agli altri altrimenti dovrei fingere di punirti e sai bene che non sono molto bravo a recitare!" "Scusami ma non è facile riuscire a mantenere la parte… ma almeno sono riuscito a vedere Versailles!" Si era seduto sulla poltrona vicino al letto e aveva fatto un lungo sospiro. "Ascoltami, la cara baronessa Noël ti ha forse informato sulle sue abitudini e quelle di mademoiselle Sophie?" "Sei di nuovo alla ricerca di emozioni?" "Non fare battute di spirito! Stavolta desidererei comportarmi da vero cavaliere ma non so come muovermi se non trovandomi al posto giusto nel momento più propizio!" "So che ogni mattina fa una lunga cavalcata nei giardini reali". Roland si era alzato dal letto e si era diretto alla grande finestra che si affacciava proprio sul Grand Canal. "Bene. Allora vai ad informarti nelle stalle per noleggiare due cavalli…Ah dimenticavo, non fare scherzi alla baronessa Camille altrimenti mi rovinerai anche la mia ardua conquista". "E chi vuole prendersi gioco di lei? Mi sono bastate due parole per decidere che quella sarà la madre dei miei figli. Costi quel che costi!"

Si era svegliata molto presto per non arrivare tardi all'appuntamento con il conte Mercier. Come ogni mattina cavalcavano insieme nel parco e poi, dopo una piacevole colazione, ognuno tornava nei propri appartamenti. Sophie attendeva sempre con ansia quei momenti per condividerli con l'uomo che desiderava più di ogni altro al mondo. Se il suo piano fosse riuscito e il conte si fosse ingelosito forse avrebbe coronato il suo sogno. Cercava di non fantasticare oltre su questo traguardo ambito da anni e si era buttata giù dal letto. Dopo aver indossato un comodo abito, di color rosa tenue, in cotone e sprovvisto di panier, per riuscire a cavalcare meglio, si era precipitata nelle stalle. "Buongiorno mademoiselle Lemaire il conte vi sta aspettando già a cavallo". Pierre, il giovane stalliere, si era affrettato a sellare Noir, il suo grande stallone nero. L'aveva aiutata a salire. Quando aveva raggiunto Charles si era accorta subito che non era di ottimo umore come ogni mattina. "Sono forse in ritardo?" "No, solo che non sono riuscito a dormire bene e mi sono alzato prima del solito. Come state?" Appena le aveva rivolto il suo sorriso di sempre si era sentita sciogliere come neve al sole. "Molto bene e voi?" "Bene! Avrei solo da farvi un piccolo appunto prima di iniziare la nostra cavalcata". Nel proferire quelle parole il suo sguardo si era fatto severo e cupo. Sophie aveva avvertito una stretta al cuore come quando da piccola attendeva un rimprovero dal padre. "Ditemi pure". "Reputo che sia molto imprudente per voi trascorrere del tempo con quel dannato libertino, il conte Chevalier. Non è degno di una nobildonna pura ed educata come voi!" Per una frazione di secondo aveva provato l'ebbrezza della vittoria. La scelta di accettare il suo corteggiamento aveva sortito l'effetto sperato. Per una volta Charles si era accorto di lei nel bel mezzo di un ricevimento reale. In tutti quegli anni non era mai successo. Di solito, quando erano in mezzo alle persone, si limitava a salutarla e poi continuava per la sua strada. "Allora perché non tentate di proteggermi e di starmi più vicino?" Il conte Mercier era partito al galoppo senza risponderle. Sophie lo aveva seguito in silenzio. Solo dopo una buona mezz'ora si era fermato e le aveva dato una mano per aiutarla a scendere. Il sole iniziava a fare capolino tra le nuvole mattutine mentre i canti degli uccellini deliziavano l'atmosfera campestre. Si erano seduti sull'erba fresca per ammirare l'immensa reggia che si stagliava in lontananza quasi come un miraggio. "Non credo che abbiate bisogno del mio aiuto o della mia presenza per allontanare quell'impostore. Dovete essere voi a scoraggiarlo". Accidenti, quella non era proprio la risposta che sperava di ricevere. Doveva fare un altro tentativo prima di pensare che il piano fosse fallito. "Avete appena detto che sono una persona educata e, quindi, non credo sia piacevole rivolgersi o con alterigia o con arroganza a un uomo che si presenta gentilmente. Non è nelle mie intenzioni. Per questo vi chiedo un po' di sostegno. Se solo potessimo presentarci più vicini possibile forse potrebbe allontanarsi". Per la paura di un suo rifiuto a tale proposta con la mano destra aveva iniziato a giocare nervosamente con le pieghe della gonna. Era trascorso un minuto che le era sembrato un'eternità. Poi Charles si era voltato e le aveva sorriso dolcemente, infrangendo quella cortina di ghiaccio che lo avvolgeva abitualmente. "Va bene. Starò al vostro fianco in nome dell'amicizia che ci lega ormai da molti anni". Non era proprio la frase che avrebbe voluto sentire ma era sufficiente per poter sperare in qualcosa di più. "Buongiorno conte Mercier e onorato di rivedervi Baronessa Lemarie". Su un cavallo pezzato marrone e bianco il famoso libertino, monsieur Chavalier, sorrideva come un re che ha appena conquistato un'ambita città.

Lo sguardo che la giovane Sophie stava rivolgendo al conte Mercier non rivelava semplice amicizia ma una specie di adorazione. Era come se, in quel momento, non esistesse nessun'altra persona al mondo. Non riusciva a togliergli gli occhi di dosso. Aveva l'impressione di aver infranto qualcosa con il suo improvviso arrivo. "Qual buon vento monsieur Chevalier? Siete già a caccia di nuove conquiste?" Il tono del conte era sprezzante ed anche provocatorio. "Perché dovrei, quando ho davanti i miei occhi una delle donne più belle che abbia mai visto nella mia vita?" Sophie era arrossita e aveva abbassato lo sguardo, fingendo di cercare qualcosa tra l'erba. "Mademoiselle Lemaire è una persona così rispettabile da non aver bisogno del vostro corteggiamento. Ci sono molti gentiluomini che attendono solo un suo cenno per farsi avanti. Vi consiglio di andare a cercare del divertimento altrove". Il tono sprezzante di quell'uomo lo aveva irritato ma non voleva cadere nella sua trappola. Quindi aveva ostentato sempre un sorriso radioso e una gentilezza quasi innaturale. Sarebbe stato più facile rispondergli per le rime ma avrebbe sortito l'effetto sperato. "Non cerco alcun passatempo ma solo di conoscere una persona delicata e rispettabile. Non tutte le donne che incontro devono necessariamente finire nel mio letto!" Sophie era scoppiata in una fragorosa risata, forse per stemperare la brutta aria che stava tirando tra i due. "Conte Chevalier siete davvero impareggiabile! Perché non mi accompagnate alle stalle?" Charles le aveva rivolto uno sguardo allibito. "Non vi preoccupate per me monsieur Mercier. Sono sicura che in pieno giorno il nostro caro libertino saprà tenere a bada i suoi più reconditi istinti!"

Doveva insistere proprio ora che Charles sembrava indispettito per quelle chiare avances del conte Chevalier. Non poteva aver solo recitato la parte dell'uomo geloso. O almeno, era quello che Sophie sperava. In pochi minuti avevano raggiunto le stalle. Roland cavalcava velocemente e si voltava spesso per assicurasi della sua presenza. Lo stalliere Pierre l'aveva aiutata a scendere e prima di riportare il cavallo nel suo box aveva guardato il conte con aria perplessa. "Avete cambiato cavaliere durante il tragitto?" Il giovane ragazzo le rivolgeva parola come a un suo pari grazie alla confidenza amichevole che lei gli aveva dimostrato sin dal loro primo incontro. "Si. Ho incontrato monsieur Chevalier durante il riposo e si è offerto di accompagnarmi". Le si era avvicinato e quasi sussurrando le aveva detto: "Meglio così! Se proprio ve lo devo dire quel conte Mercier non mi piace per niente. E' così sofisticato. Sempre serio e posato. Non è l'uomo per voi!" Sophie aveva sorriso ma non aveva saputo rispondere. "Scusate se mi sono intromesso nella vostra vita privata ma sono anni che volevo dirvelo. Siete così solare e gioiosa che perdereste la voglia di vivere accanto ad una persona così cupa". Di colpo si era inchinato e se ne era andato. "Mademoiselle volete seguirmi?" Roland le stava porgendo il braccio, sorridente e protettivo come la sera prima. "Certo! Dove volete condurmi?" "Non preoccupatevi. Non nei miei appartamenti". "Non mancate mai di ribadire questo concetto. Se devo insegnarvi come dovete rivolgere la parola ad una nobildonna è mio dovere sottolineare che questo è un passo falso. Riuscirete solo a mettere in difficoltà la ragazza che avete davanti a voi con il risultato di un suo immediato rifiuto". "Per questo vi ho chiesto di aiutarmi. Ma, devo ammettere che la vostra bellezza mi distrae e mi delizia al tempo stesso". "Per essere un buon allievo dovete allontanare questi pensieri dalla vostra mente altrimenti rimarrete con la vostra cattiva fama!" Si erano incamminati verso la piazza d'accesso alla reggia dove una carrozza li sta attendendo. Appena il cocchiere aveva aperto la portiera Camille era scesa in tutta fretta per abbracciare l'amica. "Buongiorno Sophie. Che bello vederti di prima mattina". "Ma…non capisco…" Roland l'aveva aiutata a salire. All'interno il maggiordomo Damien gli aveva sorriso e le aveva fatto spazio sulla confortevole poltrona di velluto rosso. "Mia cara volevo portarvi a fare una deliziosa passeggiata nel giardino di Saint Cloud. Il Duca d'Orleans mi ha dato il permesso di visitarlo e non volevo privarvi di un tale piacere!" Il piacevole stupore della ragazza lo aveva riempito d'orgoglio e di speranza. Almeno per qualche ora sarebbe riuscito ad eclissare nel suo cuore la figura del suo nuovo nemico, il conte Mercier.

Aveva sempre desiderato vedere il castello del Duca ma non era mai stata invitata a nessuna festa. I nobili che lo frequentavano per le deliziose passeggiate nei grandi giardini all'italiana o gli sfarzosi ricevimenti, ne parlavano molto bene. In silenzio osservava la strada dal finestrino mentre Camille e Damien parlavano tra loro quasi sussurrando. Anche senza voltarsi sentiva gli occhi del conte su di lei. Non sapeva se era più felice di visitare finalmente quel capolavoro architettonico o per la vicinanza di quell'uomo che, a dispetto delle voci diffuse, sembrava gentile e rispettoso oltre che molto attraente. Era veramente bello, il suo fisico era così atletico e possente da attirare l'attenzione sia di donne giovani che mature. "Siete felice di questo mio invito oppure vi ho solo recato un disagio?" La sua voce sembrava davvero curiosa di sapere la sua opinione a riguardo. "Ma state scherzando? Mi avete fatto una sorpresa davvero gradita!" Le stava sorridendo dolcemente anche se i suo occhi indugiavano sempre sulla sua casta scollatura. Fortunatamente aveva indossato un abito molto comodo per cui non avrebbe avuto alcun problema nel godersi lo spettacolo campestre che la attendeva. "Non visiteremo il castello perché il Duca è fuori per lavoro ma mi ha pregato di non indugiare nel curiosare quanto vogliamo nel parco. Dei maggiordomi ci serviranno un piacevole pranzo all'aperto". Più lo guardava e più si convinceva della sua impareggiabile eleganza, così ben studiata da sembrare naturale. Indossava una favolosa redingote verde con dei pantaloni marroni scuri e degli stivali da cavaliere in cuoio chiaro. La camicia, in seta bianca, era un po' aperta sul petto e quindi sprovvista di foulard. Ad un primo sguardo poteva sembrare un abbinamento frettoloso ma poi si percepiva subito, grazie alla pregio dei tessuti, un'accuratezza quasi maniacale. Il fresco profumo di sandalo avvolgeva piacevolmente l'abitacolo della carrozza. Appena erano arrivati davanti la grande inferriata del cancello, due guardie poste ai lati, dopo un attento esame dell'invito scritto del Duca, avevano dato loro il permesso di entrare. La visuale del parco era grandiosa e talmente maestosa da togliere il fiato. L'intento di uguagliare Versailles aveva spinto il Duca in un'impresa magnifica anche se inferiore alla reggia. I giardini erano così grandi da non vederne la fine. Il tutto coronato da grandi fontane e corsi d'acqua che deliziavano l'udito grazie anche ai felici canti degli uccellini. Innumerevoli statue abbellivano ogni angolo del parco e la bellissima terrazza dell'Orangerie permetteva una visuale di Parigi da mozzare il fiato. Il conte Chevalier aveva chiesto al cocchiere di fermarsi al Bassin des Cygnes e quando erano scesi dalla carrozza il rumore dell'acqua zampillante soffocava ogni loro estasiato commento. La fontana, progettata da Girard tra il 1672 e il 1675, presentava un enorme bacino a forma di ferro di cavallo. Camille aveva lanciato uno sguardo divertito a Sophie che aveva colto l'occasione per prenderla sottobraccio e appartarsi in sua compagnia. "Che cosa stai facendo con Damien? Non ti sembra di essere troppo permissiva nei suoi confronti?" "Ti stai preoccupando per niente". La ragazza continuava a sorriderle con aria sognante. "E' un maggiordomo! Ti rendi conto dello scandalo che ne sorgerà quando a Versailles continueranno a vederti in sua compagnia? Sarai disonorata a vita e bandita dall'alta società". Prima di ritornare dal suo nuovo spasimante aveva preso Sophie per un braccio costringendola a seguirla. "Damien nasconde un nobile segreto. Non stare in pena per me!"

Vederla così felice e impaziente di visitare ogni angolo più recondito di quei sontuosi parchi lo rendeva orgoglioso per averla condotta lì. Fortunatamente la giornata era assolata e una leggera brezza rinfrescava l'aria primaverile. Eppure il suo pensiero tornava sempre all'espressione incantata di Sophie mentre ascoltava il conte Mercier. Non riusciva a non pensarci e aveva la sicurezza che quello sguardo rivelasse tutto l'amore della giovane verso quel freddo individuo. Si sentiva in difficoltà e non riusciva ad avere fiducia nelle sue rinomate doti di libertino. "Monsieur Chevalier perché non ci raggiungete? Cosa fate là tutto solo?" Camille lo stava chiamando poiché assorto nei suoi pensieri non si era accorto di essere rimasto molto indietro rispetto agli altri. Aveva raggiunto Sophie, intenta ad ammirare ogni singola scultura o fontana che incontravano durante il tragitto, si era posizionato al suo fianco. “Posso dirvi che oggi siete davvero stupenda? I vostri occhi sembrano rispecchiare la felicità della vostra anima!” “Allora perché continuate a fissare il mio decolté? Devo farvi di nuovo ammenda perché un gentiluomo non si deve comportare così. Almeno stavolta avete espresso un piacevole complimento ma…dovete tenere a bada il vostro sguardo impertinente”. Roland non era riuscito a reprimere un sorriso. “E' per questo che cerco di starvi vicino il più possibile! Per imparare a comportarmi in modo retto e consono al mio titolo nobiliare”. Si era soffermata e aveva ricambiato il sorriso. “Intanto siete riuscito a fare un bell'appunto che ogni nobildonna avrebbe apprezzato”. Aveva avvicinato la sua bocca all'orecchio per sussurrarle qualcosa. “In ogni caso la vostra scollatura, anche se casta, lascia immaginare un invitate corpo da scoprire”. “Ma siete inaudito! Non cambierete mai!” Le sue guance erano arrossite per la vergogna e, con uno slancio, si era subito diretta, a passi svelti, verso la cara amica. Per il resto del tragitto non avevano più parlato ma qualcosa gli diceva che quel complimento non era stato vano. Avevano raggiunto la terrazza de l'Orangerie in cui, dopo aver ammirato il meraviglioso panorama di Parigi, alcuni maggiordomi avevano sontuosamente apparecchiato un tavolo per quattro persone. La tovaglia, di una meravigliosa seta bianca, brillava sotto la luce solare come anche le stoviglie in preziosa porcellana di Sèvres e le posate in argento cesellate con le iniziali del Duca d'Orleans. " Prego Mademoiselle Lemaire e Mademoiselle Camille volete sedervi?" Damien aveva spostato le poltrone imbottite per permettere alle due nobildonne di accomodarsi. Appena si era accomodato al tavolo aveva ammirato le brillanti stoviglie. "Che meraviglioso servito cifrato". "Sapete conte questa famosa manifattura è stata voluta e sostenuta economicamente da Madame de Pompadour, la famosa concubina del nostro re. Aveva un gusto e una raffinatezza impareggiabile. Solo grazie a lei possiamo ammirare tali opere d'arte". Roland si era lasciato versare un po' di vino bianco nel calice mentre aveva alzato e osservato il proprio piatto. "Ne ho sentito parlare molto bene eppure la sua fama non è indenne di ignobili infamie che le sono state rivolte". Sophie aveva adagiato il tovagliolo sulle gambe e, con impeto, si era lanciata in difesa della baronessa. "Mia madre mi ha sempre parlato molto bene di lei, definendola una persona molto generosa e infinitamente acculturata. La nostra letteratura e la nostra arte devono esserle grate. Nel breve tempo in cui ho avuto possibilità di conoscerla mi ha colpito la sua dolcezza in contrapposizione alla sua forte personalità". "Devo dire che vi fa onore il vostro intento di elevarla a postuma gloria!" Lo sguardo della ragazza si era fatto ancora più cupo e nervoso. "La sua persona non necessita di alcun mio aiuto. In futuro si parlerà molto di lei e le opinioni positive sorpasseranno di gran lunga quelle negative". Un cameriere aveva servito un copioso vassoio di profumate aragoste e una copiosa insalata con uova sode. "Quando qualcosa vi sta a cuore avete carattere da vendere".

"Ho saputo che avete visitato i giardini di Saint Cloud. Sono stati di vostro gradimento?" Il re, Luigi XV, sedeva al centro del proprio appartamento mentre un cameriere gli stava servendo del vino fresco. "Si, direi molto piacevoli e ben curati ma così inferiori ala magnificenza di questi a

Versailles". Non poteva dare un tale dispiacere al sovrano, in fin dei conti, la reggia e il suo immenso parco non potevano essere paragonati a nessun' altra opera architettonica della Francia. "Avete messo già gli occhi su qualche giovane nobildonna?" Non capiva se quella domanda era casuale o se era spinta dalla sua già nota fama di libertino. "Sire non sono venuto a corte per fare nuove conquiste o per trovare la donna della mia vita ma solo per curiosità e per il desiderio di rivedervi". Il cameriere gli aveva mostrato un vassoio colmo di biscotti ma Roland aveva fatto cenno di non gradirne. "Questo pensiero vi fa onore ma vi consiglio di non perdere di vista le gioie femminili che popolano queste stanze durante i balli o i ricevimenti. Ve ne pentireste". Aveva sorriso al re e aveva ammirato le pareti, rivestite di stoffa rosso porpora, sulle quali risaltavano le cornici smaltate in oro zecchino. La luce solare, che entrava dalle grandi finestre semichiuse, creava un gioco di colori quasi accecante. Per un attimo aveva pensato di tacere ma poi, ripercorrendo nella memoria la profonda amicizia di Luigi XV con il padre, aveva deciso di fargli alcune domande su Sophie. "Ecco...Sinceramente avrei posato i miei occhi su una giovane nobildonna ma mi è parsa molto schiva ed eccessivamente seria". "Oddio, e dove l'avete vista? Qui a corte? Non può essere, ogni donna fa di tutto per essere notata e per essere corteggiata". "Si. E' la baronessa Lemaire". Il re aveva riso di gusto. "Avete scelto proprio la più casta di tutta la corte. I suoi genitori le hanno imposto un'educazione così ferrea da sembrare una monaca. Mi sono molto meravigliato quando hanno scelto di lasciarla da sola a Versailles". "Perché se ne sono andati?" "Vivono in Piccardia per seguire le loro proprietà. E' strano che non li conosciate". "Forse…In ogni caso credo che non riuscirò ad abbattere la sua cortina di ferro. E' sempre molto riservata". Luigi XV, dopo aver sgranocchiato l'ultimo biscotto si era alzato e aveva raccolto la giacca adagiata sul grande letto a baldacchino. "Non avete timore, ho visto come vi guardano le donne. Persino la mia cara amata, madame Du Barry, ha gettato gli occhi su di voi. Se porterete pazienza cederà alle vostre lusinghe. Fatele capire che è la persona che desiderate di più al mondo. Funziona sempre". Un maggiordomo lo aveva aiutato ad indossare la giacca in seta broccata. Prima di lasciare la propria camera si era voltato verso il conte che si era appena alzato per salutarlo. “Dimenticavo, vi attendo domani pomeriggio per una piacevole battuta di caccia”.

“Vi siete comportata come una sciocca bambina viziata. Prima mi chiedete di starvi vicino e poi, senza alcun indugio, accettate l’invito del conte Chavalier”. Charles la stava aspettando sulla porta dei suoi appartamenti. Serio e indignato le stava rivolgendo uno sguardo furioso. Camille, appena ascoltate le prime parole, aveva deciso di salutare subito Sophie per togliere il disturbo. Nel baciarla sulla guancia le aveva sussurrato all’orecchio: “Non lasciarti intimorire”. Quelle poche parole le avevano danno il coraggio di alzare il mento e guardarlo diritto negli occhi. “Conte Mercier volete accomodarvi per degustare un tè con degli squisiti pasticcini?” Dopo un iniziale indugio si era lasciato condurre dalla cameriera nel salotto privato. Aveva subito bevuto la tazza fumante appena deposta sul tavolo. Con un gesto maniacale si era accomodato i ciuffi biondi usciti dal nastro dell’acconciatura ammirandosi compiaciuto nel grande specchio dorato appeso alla parete. “Mi dispiaceva opporgli un così sgarbato rifiuto. Inoltre ho notato che non avete molto insistito per tenermi con voi". "Cosa avrei dovuto fare? Gettarmi ai vostri piedi?" Le sue mani, come il suo cuore, avevano iniziato a tremare. Non riusciva a spiegarsi perché, pur adorandolo, le incutesse ancora tanto timore. Pur trascorrendo in sua compagnia molto tempo era difficile decifrare i suoi sguardi freddi e, spesso, inespressivi. Le sembrava che volesse celarsi dietro una maschera ben studiata pur di non lasciar libero sfogo ai suoi più reconditi sentimenti. " Non vi ho chiesto tanto. Speravo solo che vi facesse piacere proteggermi. Se vi ho offeso con il mio avventato comportamento vi faccio le mie più sentite scuse. Non succederà più". Si era alzata e aveva rivolto il suo sguardo fuori, verso il meraviglioso parco della reggia, pur di non sostenere la sua ira. Lo sentiva muoversi dietro di lei e, la sola idea, la faceva sentire a disagio. Poi aveva sentito la sua mano sulla spalla e, pur non voltandosi, era arrossita. Sentiva il suo respiro sul collo. "Scusatemi. Devo ammettere che sono stato molto brusco con voi. Vi prego per farmi perdonare di accettare non solo le mie più sentite scuse ma anche un invito a cena questa sera stessa".

"Molto onorato di conoscervi madame Du Barry". La giovane amante del re gli sorrideva mentre Roland si era inginocchiato a baciarle la mano. Aveva dei lunghi capelli biondi acconciati in grandi boccoli che le ricadevano sulle spalle. Gli occhi erano di un azzurro limpido, reso ancora più splendente grazie alla carnagione diafana. Il naso, molto piccolo, era di una perfezione assoluta. A primo impatto dava l'impressione di una persona molto fragile mentre era stata capace di intessere intrighi degni di una regina. Il re aveva voluto presentargliela di persona. Lo aveva fatto chiamare nei suoi appartamenti privati, quelli aperti ai pochi amici più intimi e ignorati dagli altri cortigiani. "Siete felice di aver visitato la reggia? La camera che vi hanno assegnato è di vostro gradimento?" Quando parlava atteggiava le belle mani inanellate e rivolgeva sguardi ammaliatori verso il sovrano che pareva non avere occhi che per lei. "Potrei affermare di sentirmi un re!" La Du Barry aveva iniziato a sventolare il ventaglio pieno di piume per coprirsi la bocca mentre rideva di gusto per la battuta fatta dal conte. Sapeva di essere giovane e così bella da attirare ogni sguardo maschile su di sé.

Emanava un profumo di fresco e pulito come nessun'altra donna di corte. Non indossava parrucche né noiosi panier ma adorava ricoprirsi di sgargianti gioielli. Il sovrano si era salvato dall'evidente depressione in cui era caduto dopo la morte della marchesa De Pompadour assaggiando le fresche carni di questa donna pronta a tutto pur di vivere nel lusso. Quando aveva scoperto le dubbie origini della nuova concubina aveva fatto finta di non crederci. Superati ormai i sessanta anni quella ragazza gli aveva restituito la voglia di vivere. Poco importava che fosse stata una sgualdrina di alto borgo, il passato per Luigi XV non contava quanto il presente. Per renderla felice non aveva badato a spese; residenze lussuose, vestiti, scarpe, borsette avevano quasi affondato le casse reali. "Sono molto onorato di aver fatto la vostra conoscenza ma se non vi dispiace desidererei ritirarmi nei miei appartamenti per riposarmi. Domani ci aspetta una lunga giornata a cavallo, voglio godermi questa battuta di caccia reale!". Non aveva alcuna voglia di rimanere e desiderava passare a salutare Sophie. Dopo essersi accuratamente inginocchiato per baciare la mano della Du Barry aveva percorso quasi di corsa il cortile dei cervi. Quella donna, per quanto bella fosse, lo aveva disgustato. Non appena era passato davanti gli appartamenti del conte Mercier era stato attratto dal rumore che ne perveniva oltre ad una piacevole musica classica da camera. Si era avvicinato alla porta, dove due valletti forse attendevano degli ospiti. Si era trattenuto dalla voglia di sbirciare dentro sapendo che non si addiceva ad un gentiluomo. Eppure qualcosa lo faceva indugiare e gli impediva di proseguire verso le sue stanze. In quell'istante aveva avvertito dei passi alle sue spalle e appena si era voltato si era ritrovato faccia a faccia proprio con la bella Sophie.

Era lì davanti a lei che la stava chiaramente ammirando per il suo abbigliamento. Per l'occasione aveva scelto un semplice abito, senza alcun panier, in seta avorio con un corpetto pieno di fiocchi e trine rosa. Aveva cercato di non mostrare il suo imbarazzo e gli aveva rivolto un caloroso sorriso. "Che coincidenza conte Chevalier trovarvi qui". "Stavo rientrando nei miei appartamenti dopo aver trascorso il pomeriggio con il re. E voi? Dove vi state recando così elegantemente vestita?" "Sono stata invitata da monsieur

Mercier a cena nelle sue stanze". Non capiva il perché ma aveva annunciato quell'appuntamento quasi con vergogna. Le era sembrato che il conte non avesse apprezzato quella notizia. Doveva riconoscere che era davvero attraente con quel suo abito rosso sgargiante in contrapposizione con i suoi lucenti capelli neri. Qualsiasi cosa avesse indossato lo faceva con un'eleganza senza pari. I rumori che provenivano dal salotto di Charles l'avevano riportata bruscamente alla realtà. Doveva entrare prima possibile se l'avesse vista in compagnia del conte sarebbe andato su tutte le furie. E a lei non piaceva quando le teneva il broncio. Sarebbe stato capace di farle una imbarazzante sgridata davanti ai valletti e ai camerieri presenti. Quando si arrabbiava non riusciva ad avere freni. Non era facile credere che un uomo con un aspetto così angelico potesse perdere le staffe tanto facilmente. "Scusatemi ma devo proprio andare non credo sia educato farsi attendere". Roland le si era inchinato davanti e le aveva baciato la mano destra. Nel voltarsi per entrare negli appartamenti di monsieur Mercier aveva sentito un brivido percorrerle la schiena. Sapeva che non era l'emozione di varcare quella porta ma non voleva farsi ulteriori domande su cosa poteva averla turbata.

Prima che i valletti le indicassero la strada da seguire per raggiungere il salotto aveva lanciato un ultimo sguardo al conte. Di spalle sembrava ancora più alto. Con le luci delle numerose candele la sua persona si proiettava su tutta la lunghezza del corridoio. “Buona sera mademoiselle Lemaire. Ma come siete elegante”. La voce di una donna l’aveva fatta sussultare. La baronessa Coraline Dubois era comodamente seduta sulla dormeuse in raso azzurro mentre il marito stava parlando con il conte Mercier. A tale visione Sophie si era resa conto di quanto fosse stata sciocca nell’aspettarsi una romantica cena. “Che piacere vedervi madame. Sarà un onore trascorrere alcune ore in vostra compagnia”. Aveva finito la frase con un tale disgusto da sperare che il suo debole sorriso avesse nascosto la sua delusione. La baronessa era di una bellezza eclatante. Bionda, occhi verdi e carnagione molto chiara. Si narrava che avesse sposato monsieur Dubois, di venti anni più vecchio, solo per acquistare una posizione sociale. Sul suo passato circolavano voci dubbie. Avrebbe avuto molte storie, nonostante la sua giovane età, soprattutto con nobili già sposati. Solo grazie a madame Du Barry, sua cara amica d’infanzia, aveva conosciuto il barone ed era riuscita a farsi sposare nonostante le cattive voci sulla sua reputazione. Le piaceva vestirsi in modo eccentrico e adorava i generosi scolli che mettevano in risalto il suo prosperoso seno. "Venite ad accomodarvi mademoiselle Sophie". Charles le stava porgendo la mano per aiutarla a sedersi. Si era limitato a farle un inchino e un sorriso di cortesia. Il barone Dubois l'aveva accolta molto più calorosamente. La tavola era apparecchiata con una splendida tovaglia color rosa e le stoviglie in porcellana bianca. Al centro erano stati posti due enormi candelabri in argento. Per tutta la cena, a base di carne di pollo e deliziosi consommé alle verdure, la baronessa le aveva parlato senza sosta. Principalmente di vestiti ed accessori, i suoi argomenti preferiti. Sophie, per non offenderla, aveva finto interesse ma si era annoiata a morte. Charles e il barone si erano deliziati in discorsi politici e finanziari. Quello che più la rattristava era il fatto che non le avesse mai rivolto un solo sguardo sin dall'inizio della cena. Arrivata al dolce non si era sentita in obbligo di continuare quella recita e con la banale scusa di un forte mal di testa aveva salutato cordialmente e si era ritirata nella sua camera.

Quando era rientrato nei propri appartamenti aveva trovato Damien e Camille che stavano cenando nel salotto. "Roland scusami ma non sapevo che saresti tornato dall'appuntamento con il re altrimenti ti avremmo aspettato". Stupito per la familiarità con cui l'amico-valletto gli si era rivolto, non aveva risposto subito ma gli aveva rivolto uno sguardo di rimprovero. Damien aveva subito capito a cosa si riferisse. "Non ti preoccupare Camille sa tutto su di me. Non riuscivo a mentirle". A quel punto Roland si era gettato sulla poltrona al lato del grande camino in marmo e si era sciolto i capelli. Cercava di non osservare la ragazza perché la sua somiglianza con l'amica era davvero imbarazzante. "Cosa stavate mangiando?" "Uno squisito pesce condito con maionese e uova sode. Unisciti a noi sarai sicuramente affamato". Si era tolto l'ingombrante redingote e si era seduto tra i due. Un cameriere gli aveva subito servito la pietanza e versato del vino bianco molto freddo. "Ma questo è il mio vino!" "Non me ne vorrai se ne ho fatto aprire una bottiglia per farla assaggiare a mademoiselle Noël". La ragazza, che si era sentita tirata in ballo, gli aveva rivolto un sorriso affettuoso. "E' davvero squisito! Devo farmi i miei più sinceri complimenti". Al primo boccone si era reso conto di avere veramente fame. I pensieri lo avevano così occupato da lasciare in secondo piano le necessità primarie. Se avesse toccato il letto in quell'istante sarebbe sprofondato in un sonno intenso. Damien stava spiegando l'arte vinicola alla baronessa Camille, che pareva attenta e divertita per l'insolito argomento. Vista l'intimità e la familiarità che aveva istaurato con la giovane nobildonna si era fatto coraggio e aveva deciso di farle alcune domande riguardo la sua cara amica. "Voi che conoscete molto bene mademoiselle Sophie potreste dirmi, se vi è concesso, se ha una relazione con il conte Mercier?" Si era quasi pentito della schiettezza della richiesta fatta ma aveva bisogno di sapere. "Se devo essere sincera, e voglio esserlo con voi, lei ne è molto infatuata. Eppure sono anni che trascorrono molto tempo insieme ma lui ancora non si è deciso a farle nessun tipo di proposta". Sembrava in difficoltà ma dava l'idea di voler continuare. Aveva adagiato il tovagliolo vicino al piatto e, dopo aver stretto la mano di Damien, aveva fatto un grande sospiro prima di proseguire. "Non è l'uomo per lei. Sono mesi che le ripeto sempre questa litania ma è più cocciuta di un mulo. La sua freddezza e arroganza non possono sposarsi con la gioia e la semplicità di Sophie. Credo che mai le farà la domanda che lei aspetta da anni. Altrimenti lo avrebbe già fatto". Roland aveva bevuto un'altra coppa di vino poi si era alzato e aveva gettato il tovagliolo sul tavolo. Si era seduto sulla poltrona in raso rosso davanti la grande vetrata che dava sul Grand Canal. "Cosa potrebbe farle cambiare idea?" Camille lo aveva raggiunto a si era seduta al suo fianco. Quando si erano ritrovati faccia a faccia prima gli aveva sorriso poi guardando il panorama esterno gli aveva dato il consiglio che tanto sperava. "Siate gentile e presente ma non soffocatela. Con il tempo capirà chi veramente la ama!"

Avevano cavalcato in perfetto silenzio per più di un'ora poi si erano fermati davanti la Fontaine de Latone. Sophie inizialmente aveva apprezzato il rumore dell'acqua zampillante che occupava armoniosamente quei silenti momenti poi non era riuscita a reprimere la sua voglia di parlare. "Stasera verrete ad assistere al concerto nel boschetto della Salle de Bal?" Charles stava guardando la fontana e sembrava avere l'aria assorta in altri pensieri. "Non credo. Vorrei riposarmi un po'. Non è facile prendere parte a tutti gli eventi che vengono celebrati a Versailles". Eppure, da quando l'aveva conosciuto, non ne aveva mai mancato uno. Ultimamente le aveva dato l'impressione di voler nascondere qualcosa. Non era mai stato un gran oratore ma negli ultimi mesi aveva dimostrato meno voglia di parlare del solito. L'unico argomento che forse lo avrebbe spinto a risponderle era l'esito della cena della sera prima. "Vi siete intrattenuti fino a tardi ieri?" "Non molto. Abbiamo parlato ancora un po' e poi ci ha raggiunti madame Du Barry". Il nome della concubina reale l'aveva fatta trasalire. Non riusciva ad immaginare il conte Mercier in sua compagnia. Pur essendo dotata di una bellezza fuori dal comune era una donna di dubbie origini e si esprimeva con un linguaggio non proprio da signora. "Che strano che il nostro sovrano si sia fatto ammaliare da una persona così diversa da madame De Pompadour". A quelle parole Charles si era voltato di scatto e nei suoi grandi occhi verdi le era sembrato di scorgere una punta di rabbia. "Cosa vorreste dire? Madame è una donna molto intelligente e innamorata di Luigi XV. Mi stupisce che una nobildonna come voi ascolti questi stupide chiacchiere di corte". Sophie lo aveva guardato con stupore e quasi con paura. Non lo aveva mai visto così preso nel difendere l'integrità di un'amica. Quando il conte Chevalier l'aveva apertamente corteggiata non si era minimamente preoccupato di andare in suo aiuto. Era stata lei, sotto sua esplicita richiesta, a spingerlo a farlo. Ora, dopo questa sua impulsiva reazione, non era più sicura di volere il suo appoggio. Soprattutto perché non era una scelta sincera ma bensì imposta. In ogni caso quella mattina le aveva dimostrato che quando una persona gli stava veramente a cuore era capace di difenderla e riusciva a farlo anche con slancio emotivo. "Avete ragione non ne dovrei parlare. Non la conosco così bene come madame Dubois. So che la loro amicizia risale ai tempi dell'infanzia". Si era disteso sull'erba e aveva chiuso gli occhi. "Si hanno studiato nello stesso convento e sono sempre rimaste in contatto. Poi il destino ha voluto che si rincontrassero qui a corte". La sera prima si era accorta di quante volte la baronessa avesse scambiato sguardi languidi proprio con il conte Mercier. Non aveva voluto trarre conclusioni affrettate a riguardo ma ora dopo aver ascoltato le sue parole iniziava ad avere dei dubbi. Il suo fervore nel difenderla era davvero impressionante e, sincerante, ingiustificato. Inoltre, come poteva essere così ben informato sulla vita passata di madame Dubois?

"Complimenti monsieur Chevalier siete davvero un bravo cacciatore. Spero che vorrete accompagnarmi di nuovo durante altre battute nei prossimi giorni". Il re stava smontando da cavallo aiutato dai suoi valletti mentre gli altri nobili stavano già raggiungendo i loro appartamenti. Nonostante l'età avanzata, il sovrano era sempre un uomo molto atletico. Avevano cavalcato per più di due ore senza sosta. "Per me sarà un onore prendere parte ad un'altra battuta di caccia". Madame Du Barry si era subito avvicinata a Luigi XV e si era lasciata baciare sulle guancie. Poi aveva rivolto uno sguardo languido a Roland che, ignorandola, in pochi istanti aveva raggiunto l'uscita delle stalle. Era tentato di passare a fare visita a Sophie ma sapeva che l'avrebbe incontrata la sera stessa durante il concerto nel boschetto della Salle de Bal. Giunto nei suoi appartamenti aveva trovato un biglietto di Damien dove gli diceva di aver deciso di fare una passeggiata nel parco con Camille. Si era subito addormentato appena aveva toccato il letto. Quando aveva riaperto gli occhi fuori faceva già buio. In preda al panico aveva guardato l'orologio alla parete. Le nove. Entro mezz'ora sarebbe iniziato il concerto. In tempo per farsi una vasca calda e vestirsi in tutta fretta. "Esitavo a svegliarti. Come stai? Hai trascorso un bel pomeriggio con il re?" Damien, in piedi sulla porta della camera, lo stava osservando divertito. Da quando aveva conosciuto Camille era sempre sorridente e di buon umore. "Avresti fatto meglio a buttarmi giù dal letto. Così riuscirò a fare tardi per il concerto!" Un valletto gli stava porgendo un grande asciugamano cifrato mentre un altro stava trasportando verso il bagno una grande tinozza piena di acqua bollente. "Non darti pena anche Sophie e Camille devono ancora iniziare a prepararsi! Siamo tornati solo un'ora fa da una lunga passeggiata nel parco". "Cosa ci faceva Sophie con voi?" Roland si stava immergendo nella vasca mentre l'amico si era seduto sulla poltrona accanto, intento a curiosare tra i vari oli profumati per la toelette. "Era un po' giù per colpa del conte Mercier e Camille ha insistito per portarla con noi. Mio caro credo che sia arrivato il tuo momento propizio". Era riemerso dall'acqua con la testa e lo aveva guardato con aria interrogativa. "Cosa vuoi dire?" Il tonfo sordo del vetro sul pavimento annunciava la rottura di un vasetto di olio profumato alla lavanda. Un valletto era subito accorso per ripulire il prezioso marmo bianco. "Oddio scusami sono sempre il solito sbadato!" "Non è una novità! Allora mi vuoi raccontare di cosa avete parlato?" "Era molto triste perché monsieur Mercier sembra non farle la proposta che da tanto attende. Inoltre questa mattina sembra che si sia intestardito nel difendere madame Du Barry. Sophie ne era sconvolta e, se mi posso permettere, mi sembra un'offesa proprio verso una donna così seria come lei. La concubina del re sembra essere molto amica della baronessa Coraline Dubois, un'assidua frequentatrice di tutte le feste sia a corte che all'Opera. Si vocifera che sia proprio la sua passione per il potere ad averla indotta a sposare un uomo molto più vecchio di lei. Sul resto preferirei tacere visto che il suo passato non differisce molto dalla preferita reale. Il marito è uno stretto conoscente del conte e forse condividono anche qualche interesse economico". Roland aveva afferrato l'asciugamano e si era diretto in tutta velocità in camera dove, dopo aver aperto il grande armadio, aveva scelto il primo abito che gli era capitato a portata di mano. Un completo in raso blu con una camicia di seta bianca piena di trine sia nelle maniche che intorno al collo. "Penso che questo caro conte Mercier non sia tanto pulito come vuole apparire. In ogni caso non sarà facile farlo dimenticare a Sophie. L'amore è cieco e quello che per noi può sembrare tanto evidente la baronessa Lemaire non riesce neppure a percepirlo". Damien lo aveva seguito e gli stava porgendo un nastro azzurro con cui legarsi i capelli. "Non dimenticarti della tua arte nel conquistare le donne. Se proprio non riesci con il tuo solito charme non tralasciare di corteggiare qualche altra nobildonna. La gelosia femminile fa miracoli!"

"Non ho alcuna voglia di venire e poi sono veramente stanca". Sophie era così triste da desiderare solamente di andare a letto il prima possibile. Non aveva messo in conto la testardaggine di Camille che si opponeva al suo rifiuto. "Devi uscire almeno non avrai occasione di pensare come faresti stando rinchiusa in questa camera!" Stava per replicare quando la cameriera era entrata con un abito in seta azzurro chiaro. "Questo vestito non è mio!" "Lo so. Mi sono fatta consigliare da Damien e abbiamo contattato la sarta reale per realizzarlo". Aveva iniziato a toccarlo e il suo sguardo si era addolcito. "Perché hai fatto tutto questo per me?" "Voglio che tu sia felice ed è inutile che ti ripeta che il conte Mercier può solo regalarti dolori e sofferenze. Perché non inizi a guardarti intorno?" Non ci aveva pensato neppure un attimo prima di indossare la stupenda creazione sartoriale. Solo quando lo specchio le aveva restituito la sua immagine era rimasta a bocca aperta. Non aveva mai posseduto un abito del genere e, anche se si sentiva un po' goffa per il panier, la preziosità del tessuto era senza pari. Il corpetto era pieno di fiocchi in raso bianco e la gonna aveva ricami a fiori in filo d'argento. Il bustier era richiuso dietro le spalle con un nastro chiaro che risaltava sulla sua pelle olivastra. Camille l'aveva aiutata ad acconciarsi i capelli in grandi boccoli su cui aveva apposto alcune piume azzurre. Prima di alzarsi aveva aperto il portagioie e ne aveva estratto una collana di perle che le aveva regalato sua madre prima di lasciare la corte. "Sei stupenda!

Ogni uomo avrà occhi solo per te!" Purtroppo Charles non sarebbe stato presente per poterla ammirare e magari rivolgerle almeno un complimento. "Siete pronte mademoiselles?" Damien si era affacciato alla porta della toeletta e aveva fatto loro cenno di seguirlo. "Complimenti siete entrambe bellissime!" Sophie si era sporta con il collo per vedere se dietro ci fosse anche il conte Chevalier. Era rimasta stupita del suo dispiacere nello scoprire la sua assenza ma non voleva fare domande al suo maggiordomo personale. Non si era più interrogata neppure sul fatto che un ragazzo di umili origini prendesse parte a tutti gli eventi mondani con il proprio signore e si vestisse in modo così elegante. Aveva finito per considerarla una sua stravaganza e una lodevole permissività di monsieur Roland. Camille continuava a trascorrere molto tempo in sua compagnia e, quando la rimproverava per quel comportamento un po' superficiale, le rispondeva che un giorno avrebbe scoperto il suo segreto. Avevano percorso a piedi il tragitto del parco che conduceva al boschetto della Salle de Bal. La fontana circolare zampillava formando suggestivi giochi di luce soffusa dovuta agli innumerevoli lumi accesi proprio al di sotto di ogni getto d'acqua. I grandi vasi dorati sorreggevano delle girandole pronte per i fuochi di artificio di fine spettacolo. Al centro era stata posta una pedana in legno e un grande pianoforte. Un giovane musicista aveva già iniziato ad eseguire una musica struggente. Con suo piacere aveva notato tra la folla seduta il conte Chevalier che, però, pareva essere in dolce compagnia. Si erano accomodati proprio nella fila dietro i due e quando si era voltato aveva sentito il cuore farle una capriola nel petto. Era molto bello con quel suo completo blu di un raso così splendente in contrapposizione con la camicia bianca piena di deliziose ruches. La nobildonna al suo fianco aveva capelli neri così lunghi che le coprivano gran parte delle spalle. Indossava un abito rosa chiaro e quando anche lei si era voltata ne aveva scoperto due languidi occhi azzurri come il mare.. Al lato della bocca, molto carnosa, aveva un neo naturale e non disegnato come usavano fare la maggior parte della nobiltà. Non si era presentata e aveva lasciato Sophie in trepida attesa. Cercava di combattere con se stessa ripetendosi che monsieur Roland era solo un amico e che doveva essere felice di vederlo con una giovane donna. Poteva significare che i suoi insegnamenti avevano dato buon frutto eppure qualcosa la faceva fremere. Aveva sempre pensato che quello che provava per Charles fosse vero amore ma mai aveva tremato così davanti un suo sguardo. Capiva che solo l'idea di una sua storia con quella donna l'avrebbe fatta impazzire! Appena terminato il concerto li aveva seguiti con lo sguardo e era arrossita dalla rabbia quando avevano imboccato un vialetto adiacente al boschetto. "Vuoi dei pasticcini?" Camille le stava tirando la manica dell'abito per riportarla alla realtà. "Si. Grazie…E' che mi chiedevo se il conte Chevalier ha bisogno di Damien, dopotutto è il suo maggiordomo…" "Non credo che corra grandi rischi. In fin dei conti è in dolce compagnia!" Tutto questo non faceva altro che complicare la situazione. Come poteva spiegare la sua curiosità? Nel frattempo aveva notato il barone Dubois in compagnia di madame Du Barry ma senza la moglie. Le era sembrata una cosa molto strana dal momento che la baronessa Coraline non perdeva occasione per partecipare agli eventi mondani. Forse si era sentita male. In ogni caso aveva deciso di non dare peso a quell'assenza. Aveva bevuto un po' di vino bianco e degustato un pezzo di torta alla cioccolata quando il conte Chevalier si era avvicinato, con passo deciso, agli amici. La ragazza al suo fianco rideva di gusto e agitava un vistoso ventaglio in piume. "Buonasera mademoiselle Lemaire! Siete stupenda con questo abito di alta sartoria". Le aveva fatto un generoso inchino al quale aveva risposto con un leggero cenno della testa. Non riusciva a nascondere il suo disagio e non voleva guardare la nobildonna al suo fianco. Roland prima l'aveva osservata poi si era voltato verso Camille e aveva indicato la misteriosa ragazza. "Mademoiselles vorrei presentarvi mia sorella Henriette. Damien, naturalmente, la conosce già". Avrebbe voluto sprofondare sotto terra. Si era comportata come una sciocca e per di più come un'insopportabile gelosa. Quelle tre ore di incertezza erano comunque riuscite ad aprirle gli occhi. Era quello l'uomo che amava e non il freddo conte Mercier.

Era bella da mozzare il fiato. Sembrava una regina con quell'abito da sogno. L'idea di invitare la sorella, che era di passaggio a Parigi, per riuscire a farla ingelosire era risultata valida. Almeno si era reso conto di non essergli indifferente. Appena lo aveva visto in compagnia di Henriette si era agitata e li aveva sempre seguiti con la coda dell'occhio. Ora stava a lui condurre il gioco e conquistarla. Non aveva mai desiderato sposarsi ed era un forte sostenitore della sua libertà personale invece Sophie aveva stravolto le sue credenze. Sin dal loro primo incontro non aveva fatto che pensare a lei e sperato ad un futuro in sua compagnia. "Avreste voglia di fare una passeggiata nel parco? Questa brezza serale ci rinfresca dalla calura del giorno". Non aveva esitato ad acconsentire. "Henriette ti lascio con mademoiselle Camille e Damien. Ti aggiorneranno sulle ultime novità a corte!" Avevano camminato fianco a fianco con piacevole silenzio. Si erano fermati nel boschetto de l'Arc de Triomphe per sedersi su una panchina di marmo. "Non vorrei essere indiscreto nel farvi una domanda un po' intima ma avrei bisogno di conoscere la vostra risposta". Sophie aveva abbassato gli occhi e aveva iniziato ad aprire e chiudere nervosamente il suo ventaglio. "Se posso rispondere lo faccio molto volentieri". "Cosa rappresenta per voi il conte Mercier? Vi prego di non dirmi un amico perché sappiamo entrambi che non è affatto così". Non avrebbe voluto essere tanto crudo ma non poteva neppure più attendere per conoscere la verità. "Forse ne ero infatuata e avevo scambiato l'affetto per amore. Il vostro arrivo a corte mi ha aiutata ad aprire gli occhi. Sono stata una sciocca a perdere tutto questo tempo dietro ad un'illusione!" Gli sembrava di sognare nel sentire quelle parole. Non dubitava della loro veridicità perché ormai sapeva che Sophie non riusciva a mentire. E se avesse cercato di farlo i suoi occhi l'avrebbero smascherata. "Posso allora corteggiarvi?" Lei aveva sorriso e lo aveva guardato diritto negli occhi. "Se devo essere sincera non aspetto altro. Stupitemi con le vostre arti amatorie. Ma badate bene che non intendo dividervi con nessun'altra!" Non aveva risposto ma si era limitato a darle un casto bacio sulla fronte. "Da quando vi ho vista la prima volta non ho pensato né ammirato nessun'altra donna". "Non mi sarà facile credervi data la vostra fama di libertino!" Ora poteva dirsi sicuro del suo sentimento. Bastava chiamare l'attore più importante sulla scena. Sophie, se veramente lo amava, non avrebbe più indugiato ad acconsentire alla sua proposta di matrimonio.

Emozionata per come si era svolta la serata aveva deciso di dirigersi verso i propri appartamenti da sola. Non perché non desiderasse essere accompagnata dal conte Chevalier bensì sentiva di dover prima passare davanti le stanze di Charles. Qualcosa la spingeva in quella direzione. Sapeva che era una sciocchezza ma doveva farlo. Nella penombra la porta della camera era socchiusa e sulla soglia si stagliava una figura femminile di spalle. Aveva cercato di fare piano per non farsi notare. Charles si era sporto in avanti per baciarla appassionatamente. I lunghi capelli biondi scarruffati le avevano subito fatto correre il pensiero ad una dama ma non voleva trarre conclusioni affrettate. Quando si era voltata, anche se il corridoio era in penombra, l'aveva subito riconosciuta. Madame Coraline Dubois in persona. Imbarazzati dall'essere stati scoperti, prima si erano guardati, poi lei era scappata verso le scale in tutta fretta. "Mademoiselle Sophie ma voi…cosa ci fate qua?" "Non preoccupatevi. Non è necessario che balbettiate, né che mi date delle spiegazioni. Ora capisco perché non mi avete mai fatto la proposta di matrimonio per tutti questi anni. Sono stata una vera sciocca a non aprire gli occhi prima. Ecco il perché nessuno si meravigliava di questo vostro freddo comportamento". Sconvolto ma non dispiaciuto per l'accaduto la guardava quasi con disprezzo. "Io non vi ho mai promesso niente". "Infatti. Vi siete comportato da vero gentiluomo. In ogni caso non vi preoccupate la vostra storia clandestina non mi ferisce più di molto se non per gli anni buttati al vento. Fortunatamente stasera ho scoperto l'uomo della mia vita e volevo annunciarvelo di persona. Pensavo che ne sareste stato felice per me. Mi rammarica il fatto che se mi consideravate "un'amica", e non una possibile futura moglie, avreste dovuto almeno raccontarmi le vostre gioie intime. Dall'altra parte capisco anche che sono stata la giusta facciata per la vostra reputazione!" Quello sfogo l'aveva fatta sentire più leggera e veramente sicura su quello che avrebbe desiderato per il suo futuro. Senza aspettare un'inutile e vana risposta si era diretta in camera sua per il meritato riposo dopo una giornata memorabile.

"Avete visto che l'escamotage di far venire vostra sorella a corte ha sortito i suoi effetti?" Damien si era gettato sulla chaiselongue vicino al letto mentre Roland si era già svestito e accomodato tra le fresche lenzuola di seta. "Sei stato veramente d'aiuto a tutti gli effetti. Domani mattina avrà un ulteriore sorpresa che le rallegrerà la giornata". Non aveva finito la frase che un valletto si era presentato nella camera. "Scusate conte ma monsieur Mercier desidera vedervi con una certa urgenza". L'amico gli aveva rivolto uno sguardo divertito. "Le notizie volano!" Roland era sceso dal letto e aveva ordinato di farlo accomodare nel salotto. Non aveva alcuna voglia di rivestirsi quindi aveva afferrato la vestaglia in seta bordeaux e si era rilegato i capelli per poi dirigersi nella stanza adiacente. Monsier Mercier stava camminando in su e in giù davanti al grande cammino in marmo. "Qual buon vento vi porta nei miei appartamenti alle tre di notte?" L'uomo era in evidente imbarazzo. La sua solita fredda compostezza aveva lasciato posto ad un' espressione quasi smarrita. "Sophie…ossia mademoiselle Lemaire mi ha appena scoperto in compagnia di una giovane donna…" "Oddio sempre meglio che in compagnia di un uomo!" "Non fate battute di cattivo gusto. La nobildonna in questione è sposata e non vorrei che ne nascesse uno scandalo…" "Ed io che cosa dovrei fare?" Il conte aveva appoggiato le mani sullo schienale della poltrona. "Vi prego convincetela a non parlare! Ho percepito che forse tra di voi c'è molto di più di una semplice amicizia e…" Roland si sentiva in dovere di mettere in chiaro i suoi sentimenti, cosa che Charles, per codardia, non aveva mai fatto. "Io la amo e credo che anche lei abbia scoperto di provare qualcosa del genere per me". "Appunto, quindi, nessuno meglio di voi può persuaderla a non menzionare l'accaduto". "Non vi preoccupate avrete la mia parola anche se credo che non sia necessario. Sophie ha scoperto solo ora le felicità dell'amore e non credo che abbia il tempo di pensare ad altro…Anche se l'avete molto ferita". "Lo so e me ne dispiaccio ma non potevo darle niente di più di una semplice amicizia". Roland aveva chiamato un valletto per accompagnarlo alla porta. Solo quando il conte era già di spalle aveva sentito la necessità di dirgli un'ultima cosa. "Lasciatemi esprimere una mia opinione. Non voglio offendervi ma mai avrei pensato che un uomo così serio come voi potesse condividere il letto con una donna di dubbie origini e con un passato da prostituta di alto borgo come Madame Dubois!" Charles non gli aveva contestato ma si sarebbe sempre chiesto come aveva fatto a scoprirlo e a nasconderlo a Sophie. Poteva solo riconoscere che il vero gentiluomo era stato proprio lui perché, pur avendo in mano la notizia utile per far aprire gli occhi alla ragazza, aveva lasciato che il tempo avesse fatto il suo corso.

Aveva dormito poco e pensato molto. Era arrivata alla conclusione che il suo amore per Roland era sbocciato molto prima di quello che aveva creduto. Forse proprio la sera del suo arrivo a Versailles durante il ballo nella sala degli specchi. Si era alzata e dopo aver fatto una copiosa colazione aveva indossato un abito color crema. Stava finendo di acconciarsi i lunghi capelli color rame quando Camille era entrata come una furia nella sua camera. "Buongiorno cara! Ma come sei bella di prima mattina!" L'amica aveva un'aria trionfante ed eternamente felice. "Allora credo che sia arrivato il momento che tu mi sveli il tanto ambito segreto di Damien…e, da un po' di tempo a questa parte, anche il tuo!" Le aveva offerto una tazza fumante di tè e dei pasticcini. Prima di assaggiarne uno si era diretta alla finestra e aveva ammirato il parco inondato dalla luce solare. “Hai ragione. In fin dei conti, dopo ieri sera, ora conosci la famiglia Chevalier al completo!” Sophie l’aveva guardata a bocca aperta. “Non capisco cosa vuoi dire”. “Damien è il fratellastro di Roland. Sua madre l’ha concepito con un uomo austriaco. Alla sua morte ha conosciuto il conte con cui si è risposata”. Era scoppiata in una risata fragorosa, come non aveva più fatto da mesi. “Devo dire che avevano scelto un bell’escamotage per farlo entrare a corte”. “Non è tutto qua quello che volevo dirti!” L’aveva presa per mano e l’aveva costretta a guardarla negli occhi. “Oddio così mi fai paura”. “No. Devi essere felice perché io sono al settimo cielo. Abbiamo deciso di sposarci questo inverno e di andare a vivere nel nord. O meglio di tornare nella mia amata terra”. L’aveva abbracciata con slancio ed aveva iniziato a piangere. “Ma che bella notizia! La tua gioia è anche la mia!” Camille si era staccata e le aveva preso le mani. “Tanto mi raggiungerai presto vero?” “Che cosa vuoi dire?” “Non credo che potrai dire di no alla prossima proposta di matrimonio di Roland. E a quel punto potremmo continuare a vivere insieme e per di più nella nostra amata Piccardia!” Si vergognava ad ammettere che era anche il suo sogno quello di ritornare al suo paese. Per quanto amasse Versailles e Parigi le mancavano le immense distese di prati fioriti in estate ed innevati in inverno. Completamente assorta nei suoi pensieri per cercare di capire quanto fosse importante Roland non aveva fatto caso che entrambi abitavano la stessa regione della Francia. Sembrava uno scherzo del destino. Come se il conte fosse il suo angelo custode incaricato di riportarla a casa. "Non mi ha ancora chiesto di sposarlo. Ma ora ho la certezza che se lo farà mi considererò la donna più felice di questo mondo". Una cameriera aveva bussato alla porta. "Scusate mademoiselle Sophie ma il conte Chevalier vi sta aspettando nei suoi appartamenti con un ospite". Non aveva fatto domande ma si era precipitata in tutta fretta verso il corridoio. Camille aveva sorriso perché era già al corrente di quello che avrebbe visto e sapeva che quel lunedì 12 giugno 1769 lo avrebbe ricordato per tutta la vita.

Quando l'aveva vista entrare aveva trattenuto il respiro. I suoi capelli color rame sembravano più lucenti di sempre e i suoi occhi erano sereni e rilassati. "Buongiorno monsieur mi avete fatta chiamare?" Aveva fatto cenno ai due valletti di camera di lasciarli soli e poi le si era inginocchiato davanti. "Siete bellissima! Non mi stancherò mai di dirvelo ogni giorno della mia vita se me lo permetterete!" Un modo un po' stravagante di chiederla in sposa. "Non desidero altro che sentirvelo dire per il tutto il mio futuro! Se questa è una proposta di matrimonio sono lieta di accettarla". Stava per alzarsi e baciarla ma lei lo aveva fermato. "Prima permettetemi di farvi un doveroso appunto. Non voglio divedervi con nessun'altra donna. Voglio che questo sia ben chiaro!" "Da quando vi ho vista non ho avuto occhi che per voi e non ho più né corteggiato né risposto alle avances di altre nobildonne. Avrete la mia parola. Prima di conoscervi non sapevo che cosa fosse l'amore ora non potrei sciupare tutto per una squallida storia fuori dal matrimonio. Credetemi!" Le aveva dato la sua mano per aiutarlo a rimettersi in piedi e si era lasciata baciare con passione. Con cura aveva estratto dalla sua giacca un cofanetto con un anello con diamanti che formavano un fiore. "Ma è stupendo!" "Mai quanto voi". Glielo aveva messo al dito e poi l'aveva condotta verso il salotto. "Venite devo mostrarvi una persona che ha fatto un po' di strada per rivedervi". Quando il valletto aveva aperto la porta aveva dovuto sorreggerla. Alla vista del padre gli si era lanciata al collo. "Ma voi cosa ci fate qua? E perché non mi avete avvertita?" Poi aveva guardato Roland con aria interrogativa. "Mia cara sono venuto su invito del conte. Mi ha chiesto il permesso di farti la sua proposta ed io ho acconsentito nella speranza che fosse quello che anche tu desideravi". L'uomo aveva gli occhi lucidi ma riusciva a trattenere le lacrime. Era alto e molto magro. Il suo carnato olivastro e i grandi occhi scuri sottolineavano la loro familiarità. Roland era intervenuto in aiuto del barone Paul, in evidente imbarazzo. "Io e tuo padre ci conosciamo da tempo perché abbiamo degli interessi economici insieme. Quando mi aveva parlato di te io dovevo ancora conoscerti ma devo dire che la sua descrizione rispecchia la realtà. Non è stata quella di un padre cieco per amore della figlia bensì totalmente veritiera!" Si era gettata sulla grande poltrona vicino al camino ed aveva iniziato a piangere. "Oddio oggi il mio cuore scoppierà di gioia. Perché mamma non è con voi?" Il padre l'aveva raggiunta e si era seduto al suo fianco. "Voleva seguire i lavori di restauro del nostro nuovo castello ad Amiens. E' proprio adiacente alla proprietà del conte. Pensa continuerai a vivere vicino a noi". Non era facile immaginarsi un futuro così felice. La attendeva un castello stupendo, un marito bellissimo e gentilissimo, dei genitori sempre presenti e la cara amica Camille come cognata. Quindi valeva la pena di lasciare la meravigliosa reggia di Versailles al più presto possibile.

I personaggi di questo romanzo sono di pura finzione eccetto le figure del re Luigi XV e madame Du Barry che, sebbene documentate, sono liberamente interpretate.

Per ogni vostro commento, positivo o negativo che sia, potete contattare il mio blog:

www.samilla.wordpress.com

www.ingramcontent.com/pod-product-compliance
Ingram Content Group UK Ltd.
Pitfield, Milton Keynes, MK11 3LW, UK
UKHW020235250726
13967UKWH00001B/378

9 781445 226378